Soy un Cerdito Rosa

Calee M. Lee

xist Publishing

Una nota para los padres y guardianes

Los libros con el emblema estrellas de la lectura han sido diseñados para desarrollar la seguridad hasta en los lectores más pequeños. Enfocada en la repetición de palabras, y señales visuales. Cada libro contiene menos de 50 palabras.

Puede ayudar a su hijo a desarrollar el amor a la lectura desde el principio. Estas son algunas maneras para poder ayudar a tu pequeño lector a empezar a leer.

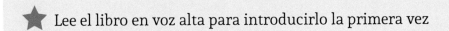 Lee el libro en voz alta para introducirlo la primera vez

Pasa los dedos por debajo de la palabra como la vas leyendo

Dale a tu hijo la oportunidad de terminar los enunciados, o que lea las palabras que se repiten mientras tu lees el resto.

Incita a tu hijo a leer en voz alta todos los días.

¡Todos los niños pueden ser estrellas de la lectura!

Published in the United States by Xist Publishing
www.xistpublishing.com
PO Box 61593 Irvine, CA 92602
© 2016 First Edition Calee M. Lee All rights reserved
For Owen
No portion of this book may be reproduced without express permission of the publisher
© 2017 Spanish Edition by Xist Publishing
All rights reserved
This has been translated by Lenny Sandoval.
ISBN: 9781532404252 eISBN: 9781532404269

Soy un cerdito rosa.

No soy un cerdito azul.

5

No soy un cerdito verde.

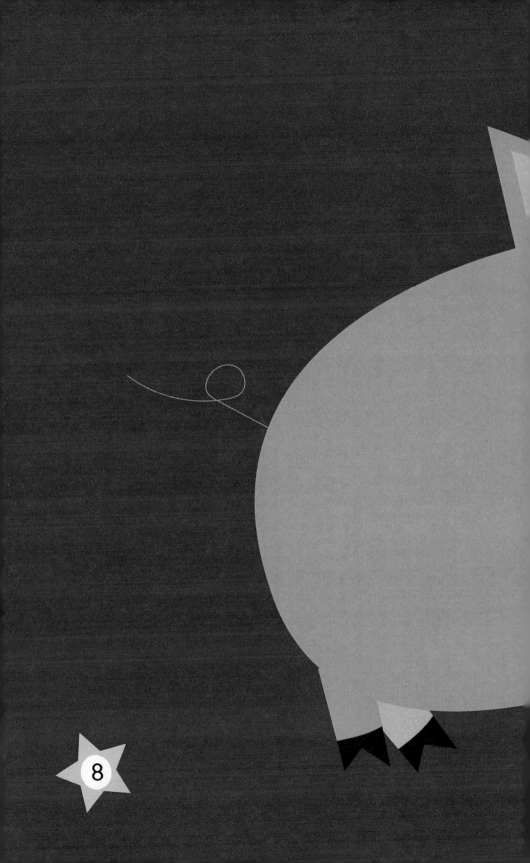

No soy un
cerdito rojo.

9

10

No soy un
gato rosa.

12

No soy un perro rosa.

No soy una
tortuga rosa.

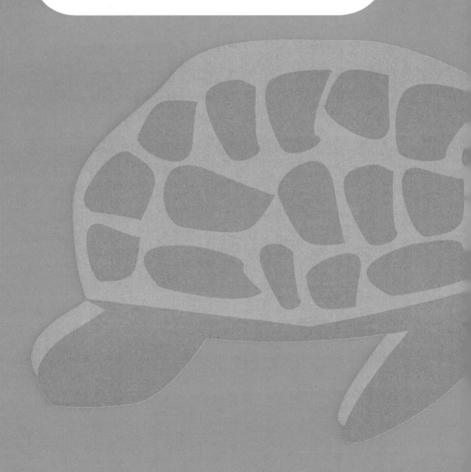

15

No soy un
pájaro rosa.

16

Soy un cerdito rosa.

Soy una estrella de la lectura
porque puedo leer las palabras
que están en este libro:

Yo

a

Soy

No

Rojo

Rosa

Azul

Verde

Cerdito

Gato

Perro

Pajaro

Tortuga

Made in United States
North Haven, CT
21 September 2022

24395965R00015